AF234241

VENTE

VENDREDI 25 MARS 1904

HOTEL DROUOT, SALLE N° 6

à deux heures

Atelier

André Giroux

(2ᵉ VENTE)

COMMISSAIRE-PRISEUR

Mᵉ LAIR-DUBREUIL

6, Rue de Hanovre, 6

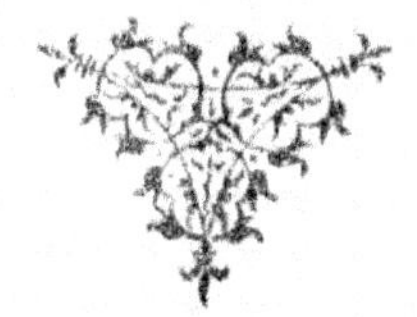

CATALOGUE

DES

TABLEAUX

ANCIENS ET MODERNES

Œuvres d'ANDRÉ GIROUX

ET AUTRES PAR OU ATTRIBUÉS A

H. BELLANGE, BERTHOUD, BONNINGTON, COIGNARD

DEKERS, DE MARNE, N. DIAZ, DUBUFE PÈRE, CLAUDE GELLÉ, GREUZE

JANVICTORS, LÉPICIÉ, POUSSIN, ROQUEPLAN, SWANEVELT

J. VERNET, WENIX, ETC.

Provenant de l'Atelier et de la Collection de

Feu M. ANDRÉ GIROUX

Artiste Peintre. Prix de Rome

ET DONT LA VENTE AURA LIEU

HOTEL DROUOT, SALLE N° 6

Le Vendredi 25 Mars 1904

à deux heures

Par le Ministère de Me **LAIR-DUBREUIL**, Commissaire-Priseur

6, Rue de Hanovre, 6

EXPOSITION PUBLIQUE

Le Jeudi 24 Mars 1904, de 2 heures à 6 heures.

CONDITIONS DE LA VENTE

La vente sera faite au comptant.

Les acquéreurs paieront *dix pour cent* en sus des prix d'adjudication.

Paris. — Imp. Georges Petit, 12, rue Godot-de-Mauroi. — 14176-04.

TABLEAUX

PAR

ANDRÉ GIROUX

1 — *Le Torrent. Vallée de la Drance.*

2 — *Vue du Dauphiné.*

3 — *Environs de Thiers (Auvergne).*

4 — *Vaches à l'abreuvoir.*

5 — *Le Chemin dans la montagne, Moutiers.*

6 — *Le Canal du Loing, à Nemours, 1843.*

7 — *Vue de Vaucluse.*

8 — *Paysage. Le Torrent.*

9 — *Chaumières à Auvers.*

73 — Bords de rivière, à Choisy.

74 — Osny (Seine-et-Oise).

75 — Cascade dans le Tyrol.

76 — Village de Kerns (Suisse).

77 — Sous-bois, à la Bourboule.

78 — En plein midi, à Osny.

79 — Paysage avec figures. Effet de soleil couchant.

80 — Vallée du Grésivaudan.

81 — A Richemberg (Suisse).

82 — Chemin creux au bord de la mer.

83 — Le Matin dans la montagne.

84 — La Jetée, à Évian.

85 — Manon l'Anesse.

86 — Ruines, à Dorchez.

87 — La Masure, à Courseulles.

88 — *La Rentrée du troupeau.*

89 — *Montagnes neigeuses.*

90 — *Une Coutellerie, à Thiers.*

91 — *Le Torrent.*

92 — *Châlets sous bois. Esquisse.*

93 — *Petit pêcheur près d'un moulin.*

94 — *Avant l'orage.*

95 — *Coup de soleil.*

96 — *Route de la plage.*

97 — *L'Église du village.*

98 — *La Maison du forgeron.*

99 — *Le Nid de l'aigle.*

100 — *Solitude.*

101 — *A Villeguen (Suisse).*

102 — *Sorrente. Paysage avec ruines.*

103 — *Le Chemin du moulin.*

TABLEAUX
PAR DIVERS

BASSAN (École des)

120 — *Intérieur de tisserand.*

BELLANGÉ (Attribué à H.)

121 — *L'Assaut.*

BERTHOUD (Léon)

122 — *Vue de la baie de Naples, soleil couchant.*

BERTHOUD (Léon)

123 — *Vue des environs de Naples.*

BONNINGTON (Attribué à)

124 — *Plage à marée basse.*

COIGNARD (L.)

125 — *Vaches au repos auprès d'une mare.*

COIGNARD (L.)

126 — *Cerf et biches dans une clairière.*

COIGNARD (L.)

127 — *Vaches couchées.*

CUYP (Genre de)

128 — *Paysage avec cavalier et figures.*

DEKERS (Attribué à K.)

129 — *Maison rustique. Paysage.*

DE MARNE (Attribué à)

130 — *Un Taureau. Étude.*

DIAZ (Attribué à N.)

131 — *Bouquet de roses.*
    Forme ovale.

DUBUFE Père

132 — *Le Repos du modèle.*

ÉCOLE FRANÇAISE

133 — *Paysage et monuments, animé de figures.*

ÉCOLE FRANÇAISE (XVIIe siècle)

134 — *Portrait de François Hérard, maître chirurgien de Paris.*

ÉCOLE FRANÇAISE

135 — *Paysan sur une route au bord d'un cours d'eau.*

ÉCOLE MODERNE

136 — *La Maison au toit rouge. Paysage.*

ÉCOLE MODERNE

137 — *Chamelier au repos. Étude.*

GELLÉ (Attribué à Claude)

138 — *Mercure et Argus.*

GELLÉ (École de Claude)

139 — *Paysage et Ruines, soleil couchant.*

GELLÉ (École de Claude)

140 — *La Fuite en Égypte.*

GREUZE (Attribué à)

141 — *Portrait de Simon Pauquet, ancien inspecteur général des Ponts et Chaussées.*

Forme ovale.

GREUZE (École de)

142 — *Tête de jeune fille.*

JANVICTORS

143 — *Scène champêtre.*

LÉPICIÉ (Attribué à)

144 — *Tête de jeune dessinateur.*

MURILLO (École de)

145 — *Saint-Louis de Gonzague.*

POUSSIN (Attribué au)

146 — *La Prédication de saint Jean.*

ROQUEPLAN (Attribué à)

147 — *La Baratteuse.*

ROSA (Attribué à Salvator)

148 — *Marine.*

Cadre ancien en bois sculpté et doré.

SWANEVELT

149 — *Le Chemin tournant. Paysage.*

VERNET (Attribué à Joseph)

150 — *Tempête.*

WENIX (Attribué à)

151 — *Pan et Styrinx.*

———

152 — Tableaux non catalogués.

RED. :

20

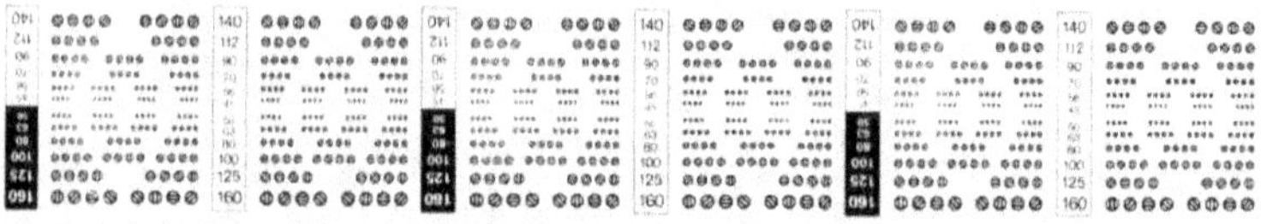

MIRE ISO N° 1
NF Z 43-007
AFNOR
Cedex 7 - 92080 PARIS LA DEFENSE

379 89 70
graphicom